TERRA DO NUNCA
E OUTROS DESENCAIXES

bruna pligher

URUTAU

novembro de 2023

O —
editora Urutau

avenida peirao besada, 6 – 2D
36163 poio-pontevedra
(espanha)

rua do caju, 478
jardim das cerejeiras, cotia — sp
brasil
06724-015

[+55] 11 95608 8983 [brasil]
[+351] 928053619 [portugal]

www.editoraurutau.com.br
contato@editoraurutau.com.br

[EDITORES]
tiago fabris rendelli & wladimir vaz
[COORDENAÇÃO DE REVISÃO]
debora ribeiro rendelli
[REVISÃO]
marcella sarubi
[DIAGRAMAÇÃO]
victor h. azevedo
[CAPA]
victor h. azevedo

dados internacionais de catalogação na publicação (CIP) de acordo com ISBD

	Pligher, Bruna
P728t	Terra do nunca e outros desencaixes / Bruna Pligher. - Cotia : Urutau, 2023. 108 p. ; 12cm x 16,5cm.
	ISBN: 978-65-5900-596-3
	1. Literatura brasileira. 2. Teatro. 3. Dramaturgia. I. Título.

CDD 792
2023-3384 CDU 792

Elaborado por Odilio Hilario Moreira Junior - CRB-8/9949

sumário

"Cedo ou tarde, [o cachorro] começa a correr atrás do próprio rabo, o que, dizem, não é um joguinho alegre, mas um sinal de que nosso pupilo perdeu o senso de realidade. Nas pessoas, por falta de rabo, esse estágio da doença permanece assintomático."

WISŁAWA SZYMBORSKA

Para a Simone, minha mãe
(o que tanto conversam?)

TERRA DO NUNCA

Peça estreada em 2019 no projeto Terça em Cena, voltado à difusão da dramaturgia contemporânea, no Teatro Cemitério de Automóveis (São Paulo).

Direção: Lucas Mayor

Com: Antoniela Canto e Cynthia Falabella

PERSONAGENS

WENDY

PETER

DRAMATURGIA

Sábado, 10h45min da manhã, camarim do teatro.

Wendy e Peter, duas atrizes com mais de 40 anos, e frequentemente até que felizes com a vida, estão de ressaca e cansadas demais para fazer a peça infantil em que atuam.

Wendy gostaria de estar em uma peça que tratasse de algum assunto psicanalítico enquanto Peter gostaria apenas de não ter que se envolver com crianças nesse horário.

Wendy já está vestida de Wendy e Peter já está vestida de Peter Pan. Elas fazem os ajustes finais no cabelo e maquiagem, pois a peça já está pra começar. Wendy fuma um cigarro.

PETER
Ai, me dá um, vai.

WENDY
Pode pegar.

Peter acende um cigarro.

PETER
Eu devia parar, sabe?

WENDY
Todo mundo depois dos quarenta devia parar.

PETER
É, não faz o menor sentido. Fazer isso com a gente, sabe?

WENDY
(*tragando com extremo prazer*) Não faz sentido, mas é tão bom. O problema não é não fazer sentido. Nada na vida faz sentido. A gente que inventa algum sentido porque a gente *precisa* inventar para não surtar.

PETER
Não vai começar com essas coisas existenciais. Você começa com essas coisas existenciais e nunca chegamos a lugar nenhum.

WENDY
Mas não faz sentido mesmo. E não chegamos a lugar nenhum. E inventamos algum sentido porque é assim que a gente consegue existir.

PETER
Olha aí, tá extrapolando já.

WENDY
Não, estou sendo claríssima. Só estou falando que não fazer sentido não é um bom motivo para deixar de fazer alguma coisa. E estou falando que é bom. Por que *É* bom. Você sabe que é.

PETER
Que bom? Não tem nada de bom. É exaustivo. Não tenho mais saúde para isso.

WENDY
Não estou falando de saúde. Estou falando de bom. É bom. Nem tudo que é bom é saudável. Nem tudo que é bom é saudável e faz sentido. Você tá pedindo demais.

PETER
Mas não é bom nem saudável. E não tem sentido nenhum em continuar com algo que não é bom nem saudável.

WENDY
Para os masoquistas há sentido.

PETER

Eu não sou masoquista.

WENDY

Então para.

PETER

É isso que estou te falando! Quero parar. Eu vou parar. Vamos parar?

WENDY

Eu não quero parar. Eu amo fumar.

PETER

Eu também amo fumar. Quem está falando em parar de fumar? Era só o que me faltava. Me dá um cigarro aí. Não. Eu quero parar de fazer essa pentelhação dessa peça.

WENDY

Ahhh. AHHHHH. Ah, bom. Bom. Isso seria muito bom.

PETER

Pessoas da nossa idade deveriam ser proibidas de fazer peça infantil. Deveria ser um direito garantido pela Constituição.

WENDY

Deveria. O direito de não se desgastar tanto quando se está rumo aos cinquenta. É meio século. Não é pedir muito chegar aos cinquenta com uma certa paz.

Peter se olha no espelho e começa a notar como não está em seu melhor momento.

PETER

Wendy, olha a minha situação.

WENDY

Passa mais base. Hoje você está pior do que eu.

PETER

Eu saí ontem.

WENDY

Você está um Peter Pan especialmente envelhecido hoje.

PETER

Eu saí e olha o que acontece. Olha essas olheiras. Pessoas da nossa idade têm o direito de sair e se divertir também, não têm?

WENDY
Um Peter Pan humilhado.

PETER
Mas não dá. Eu deveria estar dormindo. Pessoas da nossa idade têm o direito de sair e se divertir sem sentir vontade de morrer na manhã seguinte, não têm?

WENDY
Um Peter Pan desgastado.

PETER
Não deu para tomar banho.

WENDY
Um Peter Pan moribundo.

PETER
Não deu para tomar café.

WENDY
Toma uma coquinha.

Wendy entrega uma Coca-Cola para Peter.

PETER

Não sei mais quem eu sou, Wendy. Ontem eu me sentia o Keith Richards, hoje eu só queria meu mamãozinho com granola de manhã. E não queria fazer essa peça. Não queria, não queria, não queria. (*como uma criança com sono*) Wendy, eu não aguento mais fazer isso. Eu não aguento mais. Eu não tenho forças. Eu quero chorar.

WENDY

Calma. Já vai acabar.

PETER

Acabar? Falta um mês. Um mês com infinitos sábados e domingos. Sábados e domingos de manhã. Ninguém merece se vestir assim para alegrar crianças sábados e domingos de manhã, Wendy. A vida não é uma coisa alegre, Wendy. Quero dizer para as crianças que tudo só vai piorar, Wendy. O mundo é um vale de lágrimas. Eu não quero alegrar ninguém.

WENDY

Eu também não quero. Mas eu quero pagar meus boletos. Eu preciso pagar meus boletos. Eu quero que as pessoas continuem procriando e levando suas crias nas peças infantis, pois eu preciso pagar meus boletos. Eu preciso comprar um multifocal.

PETER
Um multifocal?

WENDY
Multifocal, Peter. Agora eu tenho problema para ver de perto e de longe. E eu também quero fazer um curso sobre Lacan. Mas o multifocal é mais urgente.

PETER
Eu também preciso de um multifocal. Wendy, as pessoas que usam multifocal não deveriam fazer crianças rirem sábado de manhã. Eu não consigo ser simpática nem com minha filha sábado de manhã.

WENDY
Mas as crianças pagam o multifocal. E também vão pagar o ácido retinóico e as passagens para Montevidéu.

Silêncio.

PETER

Wendy, você acha que isso é um tipo de prostituição? Eu ando com um sonho recorrente. Estou no palco e vejo os pais mexendo nos tablets e celulares enquanto a gente se mata para fazer seus filhos rirem…

WENDY

Hum. Isso acontece o tempo todo.

PETER

E então os paus desses pais levantam voo e começam a se aproximar de mim. Sinto o pau deles roçando na minha cara. Até as mães têm pau. Um pau enorme que abre a boquinha e diz: faça meus filhos felizes, faça meus filhos felizes.

WENDY

E depois?

PETER

E depois o quê?

WENDY

Os paus fazem o quê? Eles te penetram?

PETER
Não. Eles ficam batendo na minha cara como paus de borracha.

WENDY
Entendo o que quer dizer. O que a piroca significa para você? Essas pirocas do sonho.

PETER
Os paus? Ah, depende. Eu gosto de pau. Mas o pau do sonho não é o pau que eu gosto. O pau do sonho me irrita! Ele quer me ferrar.

WENDY
Então talvez você intua que essa peça vá te ferrar.

PETER
Vai não. Essa peça JÁ me ferra. Eu tenho que ficar subindo e descendo da cama, Wendy. Eu tenho que trocar de roupa treze vezes. A minha coluna está moída. O meu joelho está carcomido.

WENDY
O seu sonho está muito correto. Essa peça é insalubre para nossa idade. Não sei o que seria pior do que isso.

PETER
Uma novela.

WENDY
Uma novela horrível.

PETER
Mas, se eu não tivesse que ficar pulando na novela horrível, não ia ser pior.

WENDY
A gente podia estar fazendo uma peça performática.

PETER
Peça performática podia ser pior.

WENDY
Você ia ter que ficar pulando só que pelada. É muito pior.

PETER
É, nesse caso é muito pior. Se bem que não ia ter troca de figurino.

WENDY
É. Então talvez fosse igual.

PETER
Pornô. Pornô é pior. Pornô tem que se mexer bastante.

WENDY
Não sei se pornô é pior.

PETER
Como não? Seria muito pior. Seriam paus de verdade. Duplos paus. Muitos paus. Muitos paus imensos. Um pau em cada orifício.

WENDY
Eu não gosto de pau imenso. Mas se fosse um pornô com paus médios... Bons paus médios. E bundas flácidas. Peitos mais ou menos flácidos. Com movimentos não extravagantes, que não abusem das articulações, um pornô cuidadoso com a lombar. Um pornô medíocre. Hoje em dia tem de tudo no pornô.

PETER
Não. Eles usam aquelas supercâmeras. Eu não quero minha bunda balançando se eternizando para a humanidade.

WENDY

Mas é a sua bunda! Você tem que agradecer a bunda que você tem e o balanço que ela te dá, Peter.

PETER

Eu gosto de balançar a minha bunda. Mas eu gosto de balançar ela mais num clima... é... teatral mesmo. Ela balança na hora e depois acaba, quem estava lá, viu. Quem não estava lá, perdeu.

WENDY

Eu nunca vi minha bunda filmada. Eu queria ver. Deve ser estranho. Deve ser como ouvir a própria voz gravada.

PETER

O Moreira nunca te filmou?

WENDY

O Moreira? O Moreira está cansado.

PETER

Muito cansado?

WENDY

Meio cansado.

PETER
É? Não está trepando?

WENDY
Às vezes. Normal.

PETER
Quando fala "normal" não é bom.

WENDY
Para quem é casado "normal" é bom.

PETER
Não ama mais o Moreira?

WENDY
O Moreira? Eu amo o Moreira. Mas o Moreira é meu marido, né.

PETER
É... sei como é.

WENDY
É...

PETER
É…

WENDY
Eu só queria que acontecessem umas coisas.

PETER
Que coisas?

WENDY
Umas coisas. Uma coisinha diferente.

PETER
Diferente como?

WENDY
Diferente. Aquelas coisas que só acontecem quando você não é casada, sabe?

PETER
Eu não sou casada e não está acontecendo nenhuma coisinha diferente comigo. Eu saio e fico de ressaca e faço peça infantil. Você pode sair e ficar de ressaca também, se quiser.

WENDY

Mas é que você está conformada.

PETER

Conformada com o quê?

WENDY

Com a vida de solteira. Você se casou com a vida de solteira. A vida de solteira é o seu Moreira.

PETER

Você quer o quê, que eu me rebele?

WENDY

Não, mas você não está sabendo aproveitar.

PETER

Eu aproveito. É que eu estou cansada. Essa peça me deixa cansada.

WENDY

Você não está transando?

PETER

Estou. Normal.

WENDY
"Normal".

PETER
Eu também queria trepar mais. Só que eu tenho aquele detalhe que é "com quem irei trepar?".

WENDY
As outras bilhões de pessoas que habitam este planeta?

PETER
Elas tão cansadas também.

WENDY
Você devia transar com alguém da plateia. Eles já estão te bulinando no sonho.

PETER
Um pai solteiro?

WENDY
Ou um pai adúltero.

PETER
Deixa eu ver.

Wendy e Peter começam a espiar a plateia.

PETER

Olha lá! Tem uns que estão dormindo já. É... pessoal meio cansado. Não te falei?

WENDY

É, hoje tem um pessoal meio caído. Mas tem um jovem perdido ali.

PETER

Onde?

WENDY

Ali. Do lado daquele casal entediado.

PETER

Bonitinho. Está acompanhado?

WENDY

Está. Uma moça bem altiva. Nada desgastada pela vida.

PETER

Questão de tempo... a moça. E parece bem feliz.

WENDY

Também, com esses peitos.

PETER

Essa criança não deve ser deles. Eles estão muito radiantes.

WENDY

Eles devem transar de manhã.

PETER

Eu queria isso para a minha vida.

WENDY

Eu transaria com esse jovem. Com essa jovem. Com os dois.

PETER

Aquele outro casal ali está praticamente dormindo. Devia ter uma salinha anexa para os pais dormirem enquanto os filhos assistem à peça.

WENDY

Devia ter uma salinha anexa para eles transarem comigo enquanto os filhos assistem à peça.

Crianças da plateia começam a gritar "Começa! Começa! Começa!".

PETER

Vai começar a maldição.

WENDY

Merda!

PETER

Merda!

Peter e Wendy saem para o palco.

LÍDIA

Peça estreada em 2018 no projeto Terça em Cena, voltado à difusão da dramaturgia contemporânea, no Teatro Cemitério de Automóveis (São Paulo).

Direção: Lucas Mayor.

Com: Daniela Schitini e Marcos Amaral.

PERSONAGENS

LÍDIA

ANTÔNIO

DRAMATURGIA

Lídia e Antônio têm cerca de *cinquenta 50 anos e estão casados há mais de dez, o que, para eles, foi o suficiente para entender que ficar junto é um problema, mas ficar separado é um problema ainda maior. Se, por um lado, Lídia é tranquila, por outro, é bem metódica. Já Antônio é preocupado por um lado e, pelo outro, também.*

Lídia está deitada na cama de casal, de creme passado e de pijaminha novo, lendo. Antônio sai preocupado do banho. Ele veste um roupão e está com uma toalha enrolada no topo da cabeça.

ANTÔNIO
Lídia, faz tempo que você está aí?

LÍDIA
Quê?

ANTÔNIO
Você estava lá fora?

LÍDIA
Estava aqui, te esperando.

ANTÔNIO
Ouvi um barulho lá fora.

LÍDIA
Que barulho?

ANTÔNIO
Não sei, um barulho.

LÍDIA
Não ouvi nada.

ANTÔNIO
Você trancou a porta?

LÍDIA
Tranquei.

ANTÔNIO
Vou lá ver se está trancada.

Antônio sai.

LÍDIA
Eu tranquei!

ANTÔNIO
(*de longe*) Lídia, o trinco, tem que fechar o trinco.

LÍDIA
Quê?

Antônio volta ao quarto.

ANTÔNIO
O trinco, Lídia. (*faz o gesto de como se fecha o trinco*) Tem a chave (*faz o gesto de como se fecha com a chave*) e o trinco. (*repete o gesto*)

LÍDIA
Estava fechada ou não estava?

ANTÔNIO
Estava fechada com a chave. Tem que trancar. Trancar com o trinco.

LÍDIA
Tá, tá.

ANTÔNIO
Para você tudo está certo, não é?

LÍDIA
E o que é que tem de errado? Deita aqui...

ANTÔNIO
Não tem nada de errado, mas podia ter. A gente tem que tomar cuidado, Lídia. Podemos combinar isso?

LÍDIA
Combinar o quê? Eu tomo cuidado.

ANTÔNIO
Fechar o trinco. Trancar.

LÍDIA
Tá bom, Antônio. Tá bom. Fecho com a chave, trinco, tranco a porra toda.

ANTÔNIO
Lidiazinha, não fica irritada, é para o seu bem. Nosso bem.

Lídia faz um gesto para que Antônio se aproxime e ele se aproxima.

ANTÔNIO
Esse pijama é novo?

LÍDIA
É. Passa a mão.

Lídia quer dar uns amassos em Antônio.

ANTÔNIO
Que macio.

LÍDIA
Gostou?

ANTÔNIO
Lindo. Tá linda. Sempre linda.

LÍDIA
(*envaidecida*) Até parece.

ANTÔNIO
Acorda e dorme linda. Se fosse feita de refém no meio da noite, não ia nem passar vergonha.

LÍDIA

(*saindo do clima*) Refém?

ANTÔNIO

Brincadeira.

LÍDIA

Que humor peculiar, hein, Antônio. Entra aqui embaixo, vai, fica quietinho.

Antônio entra embaixo do edredom e os amassos recomeçam.

Depois de um momento, Antônio para tudo bruscamente e salta da cama.

ANTÔNIO

Você ouviu?

LÍDIA

Ouviu o quê?

ANTÔNIO

Um barulho lá fora.

LÍDIA
Vou lá ver.

ANTÔNIO
Tá louca? (*sem convicção, sem se mexer*) Eu vou.

LÍDIA
Eu vou lá ver para isso acabar logo. (*colocando um casaco comprido e enfiando um sapato qualquer no pé*) Já venho.

ANTÔNIO
Vou logo atrás de você.

Lídia sai. Antônio coloca um chinelo e sai atrás dela.

LÍDIA
Viu. Não tem nada.

ANTÔNIO
Fala baixo! Eles podem nos ouvir.

LÍDIA
Eles quem, Antônio? Não tem nada. Você deve ter ouvido o gato.

ANTÔNIO
Não parecia barulho de gato.

LÍDIA
Um rato então.

Voltam para o quarto.

ANTÔNIO
Rato?

LÍDIA
Rato. Tem tudo aqui, Antônio. É uma casa. É uma rua. A vida, Antônio, tem desses ruídos.

ANTÔNIO
Eu não sei se foi uma boa ideia mudar para uma casa.

LÍDIA
Como assim?

ANTÔNIO
Eu não sei, Lídia, muita exposição.

LÍDIA

Quer voltar para o cubículo? Ficar andando na ponta do pé? Ficar ouvindo música bem baixinho, falando baixinho, gemendo baixinho, uma vida baixinha, pelo resto da sua vida?

ANTÔNIO

Muito fácil alguém entrar aqui.

LÍDIA

Não é tão fácil alguém entrar assim numa casa.

ANTÔNIO

Claro que é. Você não viu a Rita? Claro que é.

LÍDIA

Às vezes acontece.

ANTÔNIO

E às vezes acontece de ser bem pior. Vou mandar colocar um alarme. Vou comprar um cachorro. Vou colocar uma câmera na entrada.

LÍDIA

Coloca um segurança também.

ANTÔNIO

Um segurança? Um segurança pode ser necessário mesmo.

LÍDIA

Não! Pelo amor de Deus. Não tem coisa pior do que um segurança.

ANTÔNIO

Ah, é, não tem coisa pior? Eu sei o que pode ser bem pior que um segurança. Um assalto, um assalto seguido de sequestro, um sequestro em que o assassino espeta uma seringa com sangue contaminado de HIV em você. Tá bom ou o segurança ainda é pior?

LÍDIA

Quem faz isso, Antônio?

ANTÔNIO

As pessoas fazem isso. Aconteceu isso, Lídia. Aconteceu isso perto do meu trabalho.

LÍDIA

É lenda, Antônio. Por qual razão alguém faria isso?

ANTÔNIO

Lídia, é impressionante. É nisso que você pensa? E eu que sei? Tem coisa que não tem razão. Loucura, psicopatia, doideira.

LÍDIA

Mas por que nós?

ANTÔNIO

Sei lá, Lídia. Vai saber o que se passa na cabeça dessas pessoas.

LÍDIA

O segurança é ainda pior.

ANTÔNIO

Você gosta de me contrariar, Lídia. Você sente um prazer imenso em me contrariar.

LÍDIA

É sério, Antônio. Nós somos pessoas racionais. Um segurança é muito pior. A probabilidade de algum psicopata entrar aqui para espetar seringa contaminada de HIV em nós dois é muito pequena. Já um segurança em casa é cem por cento certeza de que vou perder toda a minha privacidade. Não preciso de alguém me vigiando. Deixamos aqueles vizinhos chatos para ter mais liberdade e agora você pensa em um segurança, Antônio? Faça-me o favor. Ao menos os vizinhos vigiavam de graça.

ANTÔNIO

O segurança não vai te vigiar. Vai vigiar os outros, Lídia.

LÍDIA

Quem vigia os outros vigia tudo, Antônio. Nem vem. Seringa contaminada, que ideia.

ANTÔNIO

Não é só por conta disso, Lídia. Isso foi um exemplo.

LÍDIA

O pior exemplo.

ANTÔNIO.

Não é o pior exemplo. Podia ser estupro seguido de seringa.

LÍDIA

Claro, acontece muito mesmo.

ANTÔNIO

Ok, Lídia, isso acontece mais raramente. Mas tem os assaltos. Os assaltos são muito frequentes.

LÍDIA

Ok. Supondo que haja um assalto. O que tanto a gente ia perder?

ANTÔNIO

Não acredito que você está relativizando isso.

LÍDIA

Não estou relativizando. O que você está fazendo, Antônio?

ANTÔNIO

Vou trancar a porta do quarto também.

LÍDIA

Meu Deus, Antônio. Para que isso?

ANTÔNIO

O que a gente ia perder? A gente ia perder… deixa eu ver… roupas, nossas roupas. Isso, ó, a TV, o rádio, o DVD. Os nossos computadores! A gente ia perder nossos computadores com todos os nossos textos e artigos.

LÍDIA

Tem que fazer backup, Antônio…

ANTÔNIO

Nossos celulares. As joias.

LÍDIA

Que joias, Antônio?

ANTÔNIO

Você tem aquele brinco que sua vó te deu.

LÍDIA

Ah. É minha única joia e nem sei direito onde está.

ANTÔNIO

O gato, poderiam levar o gato. Poderiam matar nosso futuro cachorro também. Para entrar na casa. Poderiam matar você. Lídia, meu Deus, poderiam matar você. E eu. Nosso triste fim.

LÍDIA

Vem cá, Antônio. Não vai acontecer nada disso. Está tudo bem. Ninguém quer vir aqui, está na cara que não tem muito o que roubar.

ANTÔNIO

Para você, que tem tudo. Tem gente que não tem nada e acha que a gente tem tudo.

LÍDIA

O ladrão iria se decepcionar. Uns computadores velhos, celulares velhos. Um micro-ondas dos anos 2000, Antônio. Quem quer isso? A gente tem os livros, vários livros raros, é verdade. Mas quem é que quer levar livros? São pesados. E tem os filmes, mas ninguém mais tem filmes, já viraram vintage. A gente é vintage, Antônio. E outra, se a gente começar a colocar um monte de coisa de segurança aí sim vai parecer que a gente tem muita coisa para roubar. Você quer fazer desta casa um cofre ambulante?

ANTÔNIO

Nisso você tem razão.

LÍDIA

Vamos entrar aqui embaixo, vai. Não esquece de fazer o backup.

Os dois entram no edredom e começam a se aconchegar.

Ouvem o barulho de um carro chegando e estacionando.

ANTÔNIO

O que é esse barulho?

LÍDIA

Deve ser o vizinho.

ANTÔNIO

O vizinho está viajando.

Antônio espia pela janela.

ANTÔNIO

É um carro.

Lídia espia pela janela.

LÍDIA

Tem duas pessoas ali.

ANTÔNIO

É um carro da polícia.

LÍDIA

Polícia?

Toca a campainha.

LÍDIA
O que eles querem?

Toca mais campainha.

ANTÔNIO
Eu vou lá ver.

LÍDIA
Eu vou com você.

Mais campainha e batidas bruscas na porta.

ANTÔNIO
Melhor colocar uma roupa.

LÍDIA
Vai demorar?

ANTÔNIO
Eu não sei.

Os dois vestem uma calça e uma blusa, olham para o quarto e saem. Barulho de uma ligada de sirene e do carro saindo. As portas continuam abertas e o quarto continua vazio.

TREM LOUCO

Texto integrante da peça *Ao vivo* — ao lado dos textos de Carla Kinzo, Lucas Mayor e Marcos Gomes —, estreada no Teatro Cemitério de Automóveis em 2019 e no Viga Espaço Cênico em 2020.

Direção: Lucas Mayor

Com: Antoniela Canto, Isabella Lemos, Monalisa Vasconcelos e Rodrigo Sanches

Iluminação e Operação Técnica: Gabriel Oliveira

PERSONAGENS

MARGOT

LEONEL

ENTREVISTADORA

Margot e Leonel participam do programa de entrevistas Trem Louco – O amor como ele é, *que convida casais para serem entrevistados sobre o próprio casamento. O programa e sua respectiva apresentadora seguem o estilo daqueles canais de* TV *a cabo em que qualquer tema da vida, por mais espinhoso que seja, é apresentado de maneira que levamos a crer que, com otimismo e persistência, tudo pode ser colocado e resolvido assim como uma reforma de lavanderia. Os dois têm em torno de 50 anos, dos quais compartilham mais da metade em conjunto, o que é tempo mais que suficiente para entender repetidas vezes que mesmo um relacionamento harmonioso segue a lógica das pessoas: é complexo e cheio de mistérios. A diferença é que Margot sabe disso intuitivamente desde a adolescência, enquanto Leonel prefere jogar para seu buraco negro interior tudo aquilo que não é cartesiano.*

O programa conta com mensagens enviadas pelos telespectadores e, quando a cena se inicia, já está rolando há alguns minutos.

ENTREVISTADORA

A pergunta que nunca se desgasta nesse programa: como é possível estar casado há tanto tempo e continuar assim, com um sorriso no rosto?

LEONEL

Quer falar primeiro?

MARGOT

Pode falar.

LEONEL

Acho que é sorte mesmo. Eu sei que parece clichê e, se for, é isso mesmo, sou sortudo por ter sofrido esse clichê: quando vi a Margot pela primeira vez, sabia que ela era a mulher da minha vida.

ENTREVISTADORA

Você bateu o olho e soube!

LEONEL

Na verdade, nem tinha visto ela ainda, só tinha ouvido falar.

ENTREVISTADORA

Quem falou dela para você pela primeira vez?

LEONEL
Foi a minha namorada da época.

ENTREVISTADORA
A sua namorada?

LEONEL
É. Minha namorada não parava de falar da aluna nova que tinha começado a fazer aula com ela. Uma filha de franceses.

MARGOT
A Deise, né? Ela era ótima.

ENTREVISTADORA
O que ela falava que chamou a sua atenção?

LEONEL
Ela falava que a Margot fazia topless e sempre lia uns livros que a gente nunca tinha ouvido falar. E a Deise me chamava para assistir aos filmes que a Margot tinha emprestado para ela. Eram uns filmes franceses que sempre se passavam na praia e a protagonista parecia meio angustiada, mas, ao mesmo tempo, ela andava de biquíni e de shorts pra lá e

pra cá e a sua pele ia bronzeando. Eu não entendia nada, mas mexia comigo, era muito sensual. E imaginava que a Margot devia ser assim, meio angustiada, meio gostosa... E ficava imaginando que ela poderia me falar alguma coisa em francês. Qualquer coisa em francês me deixava louco.

ENTREVISTA
Você sabia francês?

LEONEL
Nada.

ENTREVISTADORA
Você aprendeu depois?

LEONEL
Je t'aime.

ENTREVISTADORA
E aí você terminou com a namorada?

LEONEL
Não, aí a Deise me deixou.

ENTREVISTADORA
Margot, você sabia da existência do Leonel?

MARGOT
Nada. Sabia nada dele.

LEONEL
Como não? A Deise falava alguma coisa de mim, não falava?

MARGOT
Acho que ela não falava muito de você. A gente ficava falando de outras coisas, a Deise era muito curiosa.

LEONEL
(*incrédulo*) A Deise era curiosa?

MARGOT
Muito curiosa.

ENTREVISTADORA
E como foi o começo de tudo?

MARGOT
O Leonel foi na minha casa na maior cara de pau e me chamou para sair. E eu fui.

ENTREVISTADORA
E ela era tudo o que você imaginava, Leonel?

LEONEL
Era melhor.

ENTREVISTADORA
E o que você achou do Leonel?

MARGOT
Eu gostei dele. Demos muita risada.

ENTREVISTADORA
Vocês que estão nos assistindo tomem nota: muita risada é fundamental, não é?

MARGOT
É.

LEONEL
É.

MARGOT
E aí a gente se casou. Muda, né. Muda um monte de coisa.

LEONEL
Mas demorou para mudar.

MARGOT
A gente se casou muito rápido. Depois de seis meses, a gente se casou.

ENTREVISTADORA
Isso foi bom, foi ruim?

LEONEL
Foi bom, sim.

MARGOT
O que aconteceu foi que a gente transava muito e era bom e com isso entramos no delírio de achar que o próximo passo era se casar, perpetuar a espécie... Não é, Leonel?

LEONEL
Sim, era muito bom perpetuar a espécie.

ENTREVISTADORA

E, desculpem ser tão direta, mas preciso perguntar o que não quer calar na cabeça de nossos espectadores: o fazer amor continua sendo essa potência, um elemento base do casamento?

LEONEL

Certamente. (*se referindo a Margot*) Olhem essa beleza. Acho que isso responde bem.

MARGOT

Obrigada. Mas devemos ser honestos com as pessoas que estão nos assistindo, Leonel. Muda! Vai falar que não muda? Muda sim. Muda muito.

ENTREVISTADORA

Então não é sempre assim? Não foi sempre assim?

MARGOT

Claro que não.

LEONEL

Na maior parte do tempo foi sim. Nos damos muito bem.

MARGOT

Nos damos muito bem, sim. Sou feliz em estar casada... na maior parte do tempo. Às vezes queria que o Leonel fosse um pouco mudo, é verdade, mas amo a companhia dele. Mas isso não quer dizer que não tivemos nossos momentos complicados. Não é, Leonel? A gente não pode mentir para o pessoal que está assistindo.

LEONEL

Não estou mentindo. Tivemos nossas complicações. *Detalhes* perto da magnanimidade do nosso casamento. Eu já disse e repito, sempre soube que você era o amor da minha vida e tenho muita sorte por isso.

ENTREVISTADORA

E sabendo disso, que um casamento tem seus altos e baixos, o que vocês acham que é imprescindível para estar bem-casado?

LEONEL

(*respondendo muito rapidamente*) Amor, respeito, apoio mútuo, muita confian...

MARGOT

(*direciona o microfone para si*) Novas configurações.

ENTREVISTADORA

Novas configurações? Explique melhor.

MARGOT

Como tudo na vida, o casamento é uma coisa que vai mudando. Não tem como continuar tudo igual e continuar vivo. A gente precisa ficar reinventando esse amor para que ele não fique depauperado.

ENTREVISTADORA

Um telespectador mandou uma pergunta pra vocês: Mariana Piglia, Bauru–SP. "É muito lindo e inspirador ver vocês juntos. Dá até vontade de casar. Que onda!"

MARGOT

Obrigada, querida.

ENTREVISTADORA

(*continuando*) Vocês já brigaram a ponto de pensar em terminar? Ou já terminaram? Essa é a pergunta de Mariana. Beijos para o pessoal de Bauru.

Leonel olha para Margot, esperando o que fazer. A partir da sobrancelha dela erguida e dos milhares de códigos vividos todos esses anos, Leonel entende que, se ele responder, será melhor.

LEONEL
Nós já brigamos sim, claro.

ENTREVISTADORA
Mas pensaram em se separar?

LEONEL
Aquela coisa, no calor do momento ali, pensamos.

MARGOT
Não só no calor do momento.

ENTREVISTADORA
A Maiara dos Santos, de Teresópolis – RJ, perguntou se foi traição. Ela pediu desculpas pela indiscrição, mas precisa saber, pois passou por isso e não sabe como lidar. Um beijão, Maiara.

Pausa. Margot reage como se perguntassem qual a cor de seu esmalte, mas Leonel fica incomodado.

LEONEL
Eu traí a Margot, sim.

ENTREVISTADORA
Eu queria, antes de tudo, parabenizá-los por terem vindo ao programa e por compartilharem de maneira tão sincera a história de vocês. Vocês têm uma relação muito bonita. É muito importante que o público maravilhoso que nos assiste veja que uma história bonita é cheia de momentos difíceis também. Lia Almeida, de Barbacena, Minas Gerais escreveu: "Leonel, seu..." (*pausa brusca*) Que isso, pessoal. Assim não. Vamos ver outro comentário.

LEONEL
O que ela escreveu?

ENTREVISTADORA
Bobagem. É que às vezes esse programa deixa as pessoas emocionadas demais.

LEONEL
Pode falar.

MARGOT
Pode falar, não vamos manipular os comentários.

ENTREVISTADORA

Ok. A Lia Almeida, de Barbacena, Minas Gerais — um beijo para o pessoal de Minas Gerais, que saudade dos pães de queijo, grande abraço! — escreveu: "Leonel, seu cuzeiro arrombado".

LEONEL

Este é um programa livre. Isso é bom.

MARGOT

Não tem problema nenhum. Isso mexe com as emoções, muitas pessoas passaram por isso. Eu falei coisas piores quando senti na pele.

LEONEL

Precisamos falar disso?

ENTREVISTADORA

Vocês falem o que quiserem, ok?

LEONEL

Acho que não precisa. Temos tantas coisas boas para falar.

ENTREVISTADORA
Daniela Costa, de Ponta Grossa, Paraná, escreveu: "Leonel, não seja covarde! Nós gostamos de vocês. Conta tudoooooo".

MARGOT
O que que tem, bem? É nossa história.

LEONEL
Ok. Eu traí a Margot. Nós estávamos juntos há um tempo.

MARGOT
Sete anos.

LEONEL
Sete anos. A gente se amava. Eu amava a Margot. Mas a rotina...

MARGOT
O bebê.

LEONEL
O bebê, o Emanuel, nosso primeiro filho, nasceu. Vocês sabem, aquela coisa, toda a atenção do bebê, o cansaço, o sexo foi rareando, aí acabou acontecendo.

ENTREVISTADORA
E como foi isso para você, Leonel?

LEONEL
Eu me sentia culpado mas, sei lá, nem pensei. Eu simplesmente agi sem pensar. Fui egoísta mesmo. Me arrependo muito.

ENTREVISTADORA
Imagino que você não tenha contado e que, em algum momento, Margot descobriu.

MARGOT
Sim! Haha! Foi, eu descobri. E depois que descobri, parecia tão óbvio.

ENTREVISTADORA
A Marcela Almeida de…

MARGOT
Como eu descobri?

ENTREVISTADORA
É, é exatamente essa a pergunta da Marcela, do Rio de Janeiro, e de outros espectadores. Um beijo para o pessoal da Cidade Maravilhosa.

MARGOT
(*de maneira muito plena*) Eu descobri porque, de repente, o Leonel estava contente demais e não me enchia mais o saco.

ENTREVISTADORA
Simples assim?

MARGOT
Aí, foi só reparar em volta e achar aquelas provas de sempre: fatura de restaurante caro no meio da semana, cotonete de motel no chão do carro. Mas nem precisava disso tudo. Os gestos são as provas. O gesto de um apaixonado é inconfundível. É como tomar LSD: toda a sua presença no mundo fica contaminada com um brilho especial.

LEONEL
Que lindo, bem. Eu senti isso quando conheci você.

MARGOT
Eu também.

ENTREVISTADORA
Nossos espectadores vão a delírio! "Margot *illuminatti*", disse a Joyce Alves, de Florianópolis, Santa Catarina.

MARGOT
Ah, imagina. Eu fiquei com bastante raiva na época.

ENTREVISTADORA
Você fala de maneira tão serena.

MARGOT
Depois tudo passa e compreendemos melhor as coisas. E revemos como as coisas são, não disse? Mas na época fiquei com muita raiva.

ENTREVISTADORA
Difícil imaginar você com essa raiva toda.

MARGOT
Eu podia ter matado o Leonel metendo uma caneta Bic no pescoço dele.

LEONEL
Ai, linda.

ENTREVISTADORA
E o que fez você perdoá-lo?

MARGOT
Acho que os filhos. Não só, mas tudo. Nós tínhamos um casamento, filhos pequenos.

LEONEL
E nos dávamos bem. Nos amávamos muito.

MARGOT
Nos dávamos bem, claro. Não é que era um martírio que teria que ser levado adiante por conta dos filhos, não era isso. Mas estar construindo algo juntos tem dessas, se releva mais. Acho que, mais jovem e sem filhos, eu mandaria pastar.

LEONEL
Ai, linda.

MARGOT
Estou pensando nas probabilidades. Na época foi difícil, mas optamos por ficar juntos. E conseguimos. E nos acertamos. E continuamos nos acertando.

ENTREVISTADORA
Esse não foi o único problema que passaram?

MARGOT
Claro que não.

LEONEL
A convivência intensa por muitos anos é uma coisa delicada.

MARGOT
Leonel me traiu uma segunda vez também.

ENTREVISTADORA
A internet vai ao delírio mais uma vez. Joana Mendes, de Tangará da Serra, Mato Grosso, diz: "Leonel seu caralhudo da por..."

LEONEL
(*fazendo um basta com as mãos*) Não precisamos de mensagens repetitivas...

MARGOT
Calma, gente. Isso pode acontecer.

ENTREVISTADORA
Não é que não dê raiva, como você mesma disse. Mas pode acontecer, pessoal.

MARGOT
Mas dessa vez foi diferente. Anos depois. Não é que estive plena, mas não fiquei com raiva. Conta, Leonel.

LEONEL
Eu?

MARGOT
É, pode contar.

LEONEL
Eu gostaria de deixar claro que não me orgulho dessas histórias. Do que mais me orgulho na minha vida é ter encontrado a Margot e ter construído minha vida com ela. Nossos filhos, nossa casa, nossa...

MARGOT
Conta, Leonel, conta como foi. Foi diferente.

LEONEL

Foi diferente. Aconteceu que eu acabei me apaixonando por uma mulher, me apaixonando de verdade, profundamente. A Margot não sabia.

Margot faz uma carinha ao estilo "será que não?".

LEONEL

O quê?

MARGOT

O quê?

LEONEL

Você não sabia, eu que te contei.

MARGOT

Sim. É, eu (*faz aspas com a mão*) não sabia, ele que me contou.

LEONEL

E então eu quis sair de casa para ficar com ela. Com a mulher por quem estava apaixonado.

ENTREVISTADORA

E você não ficou com raiva?

MARGOT

Não. Eu não fiquei com raiva como da outra vez, era um outro sentimento.

LEONEL

A Margot foi muito, muito compreensível comigo. Muito paciente. Sou eternamente agradecido a ela, pois, se não fosse ela e essa super cabeça que ela tem, eu teria ido embora, me arrependido e depois teria sido tarde demais para voltar. Sou eternamente agradecido.

MARGOT

Para com isso.

ENTREVISTADORA

A Jaqueline de Amaral, de Vitória da Conquista, Bahia, diz: "Margot, estou em prantos aqui na minha casa. Meu marido, pai dos meus filhos, me traiu e eu gostaria de passá-lo no triturador. Ao mesmo tempo é ruim ficar sem ele. É possível uma pessoa normal como eu perdoar um filho da puta?".

MARGOT
Eu também sou normal, imagina! É difícil. E, dependendo do caso, não tem como continuar com a pessoa e nem deve. O negócio é respirar fundo, se concentrar, se conectar com seu coração, dialogar e tentar discernir as coisas.

ENTREVISTADORA
(*para Leonel*)Você estava aberto ao diálogo?

LEONEL
Estava.

MARGOT
Estava o quê, Leonel? Você praticamente saiu de casa, só não saiu de vez porque ainda não tinha levado suas coisas.

LEONEL
Sabe como é apaixonado. É como Margot falou, é uma droga mesmo. Você vira uma outra coisa e essa coisa é cega. Mas a Margot foi conversando aos poucos, respeitando meus sentimentos.

ENTREVISTADORA
O que ela te disse que fez você repensar?

LEONEL
Quando eu estava decido a sair de casa, ela me perguntou se não era melhor pensar um pouco mais, com calma. Ela me disse: você não acha que é possível amar uma pessoa e estar apaixonado por outra pessoa? Lembro como se fosse hoje. Foi como um balde de água fria que me acordou. Eu vi o quanto amava Margot, a nossa vida conjunta. Vi que eu não sabia nada do que aquela paixão podia virar. E então resolvi ficar.

ENTREVISTADORA
E ficou tudo bem?

LEONEL
Não do dia para a noite, mas passou. Hoje agradeço por ter essa mulher que consegue compreender o marido mesmo nessa situação dificílima. Isso é acreditar no amor de verdade, o resto é besteira.

ENTREVISTADORA
É muito raro isso acontecer mesmo. Você foi uma das mulheres mais inspiradoras que já passou por esse programa, Margot. Como você conseguiu manter a cabeça no lugar?

MARGOT
Acho que tentei ser honesta. Comigo, com ele.

ENTREVISTADORA
A Manuela Oliveira, de Belém do Pará, escreve: "Realmente inspirador. Mas devo perguntar: Margot, você foi sempre fiel?".

Música de suspense. Leonel fica intrigado.

MARGOT
Eu tive um amante uma vez.

Leonel quase cai da cadeira.

LEONEL
A Margot sempre teve um humor muito peculiar *ha-ha*.

MARGOT
Eu tive um amante uma vez.

LEONEL
Como assim?

MARGOT

Ninguém soube, mas eu tive um relacionamento amoroso paralelo.

LEONEL

Como assim você teve um relacionamento amoroso? Um relacionamento *paralelo*?

MARGOT

Isso.

LEONEL

Eu estou casado esse tempo todo com uma mulher que não conheço?

MARGOT

Que besteira, Leonel! Como assim não me conhece?

LEONEL

Eu não consigo acreditar nisso. É verdade isso, Margot? Ou você está fazendo isso pra eu sentir o que você sentiu? Porque eu me coloquei muito no seu lugar e sei o quanto foi difícil. Eu também sofri. Isso é algum tipo de vingança?

MARGOT

É tudo verdade e isto não é uma vingança. Ninguém se apaixona por vingança, Leonel. Eu tive um amante por dois anos. Eu também me apaixonei.

LEONEL

DOIS ANOS? Por dois anos, vinte e quatro meses, trezentos e sessenta e cinco mais trezentos e sessenta e cinco dias... por mais de setecentos dias você teve um amante debaixo do meu nariz?

MARGOT

Sim.

LEONEL

Quando foi isso?

MARGOT

Foi antes de você se apaixonar. De se apaixonar pela segunda vez.

LEONEL

(*acabado*) Eu não sei o que dizer.

MARGOT

Não há o que dizer. Passou. Foi uma experiência minha. Você teve as suas, eu tive a minha.

LEONEL

(*querendo morrer*) Mas você sabia! Você descobriu e depois você sabia! Eu não sabia. Eu não tinha a menor ideia. Eu não tinha como saber.

MARGOT

Você não ser capaz de saber é outro ponto.

LEONEL

(*delirando de desespero*) Isso foi a coisa mais louca que já me aconteceu. Eu quero ser sugado para o espaço.

MARGOT

Para com isso, Leonel. Você está em rede nacional.

LEONEL

Pior ainda! Ninguém sabia e agora todos sabem em rede nacional! (*se lamentando*) Minha esposinha...

MARGOT

Que esposinha, Leonel! Francamente.

ENTREVISTADORA
Muitas emoções neste programa de hoje, a internet está transbordante. Infelizmente nós devemos começar a nos despedir, pois já deu nosso horário. Claudia Miranda de São Paulo, capital, escreve: "Viva a Revolucion! Viva a anarquia!!!".

LEONEL
Eu não sei se depois disso nosso casamento consegue aguentar.

MARGOT
Como assim, Leonel? Você também me traiu. Duas vezes.

LEONEL
Mas você, Margot, não tem nada a ver você ter um amante.

MARGOT
Eu não tenho um amante, eu tive um amante. Há muito tempo.

LEONEL
Não estou me sentindo bem.

ENTREVISTADORA
Carla Monteiro, de Itabuna, Vitória, diz: "Na hora de ficar ralando o pau apaixonado é compreensível, mas quando sua mulher é sincera e conta sua vida, ele caga no rabo. Tome tento, Leonel!".

LEONEL
Ninguém sabia. Como ninguém sabia e nunca ninguém soube?

MARGOT
Discrição. Eu não queria que você saísse de cornudo, porque eu sei como seria difícil para você.

LEONEL
Cornudo? E agora tudo bem eu ser um cornudo pro Brasil inteiro? Olha lá, o Leonel! Que Leonel? O Leonel, o cornudo!

MARGOT
E tudo bem eu ser cornuda? Francamente. Eu não devia ter falado isso.

LEONEL
Isso o quê?

MARGOT
Cornudo. Você não sabe lidar com cornudo.

LEONEL
Não consigo acreditar que você fez isso. Sabe o que eu tô sentindo, Margot?

MARGOT
Vergonha?

LEONEL
Não! Eu tô sentindo vontade de morrer.

MARGOT
Não é que eu me orgulhe, mas também não sinto culpa. Foi importante pra mim. Importante para nós. De qual outro jeito, eu poderia compreender você? Eu te amo e amo nosso casamento. E é isso que importa.

ENTREVISTADORA
Juliana Garcia, de Caruaru, Pernambuco, escreve: "Olha os hadouken que essa maravilhosa manda no cara!!!!".

LEONEL

(*passando mal*) Não sei se consigo.

ENTREVISTADORA

Ligia de Andrade, de Mossoró, Rio Grande do Norte: "Margot, se ele não te quiser eu quero!!!".

LEONEL

(*a ponto de colapsar*) Margot... eu tô enjoado...

ENTREVISTADORA

Margot, Leonel, foi um imenso prazer receber vocês aqui no programa. Conhecer de perto um casamento tão vivo, tão forte, tão esplendido, tão...

LEONEL

(*para a Entrevistadora*) *Shhh*. Cala essa boquinha!

ENTREVISTADORA

Boa noite e bom fim de semana a todos e todas.

LEONEL

Margot, olha a situação que eu estou.

MARGOT
Se eu consegui, você também consegue, Leonel. Vai passar.

ENTREVISTADORA
Agradeço a todas as participações do programa. Um beijo enorme para o melhor público deste país. Vejo vocês na semana que vem, com mais uma edição de *Trem Louco – O amor como ele é*.

LEONEL
Seu cu.

MARNIE

Peça estreada em 2018 no projeto Terça em Cena e integrante da peça Amores em 2019 — ao lado dos textos de Julia Spadaccini, Lucas Mayor e Marcos Gomes, no Teatro Cemitério de Automóveis (São Paulo).

Direção: Lucas Mayor

Com: Marília Medina e Sérgio Mastropasqua em 2018

Com: Antoniela Canto e Ernani Sanchez em 2019

PERSONAGENS

MARNIE

ALBERTO

DRAMATURGIA

Marnie e Alberto têm 50 e muitos anos, muitos deles compartilhados. Marnie envelhece sendo vaidosa e animada enquanto Alberto envelhece vaidoso e rabugento. Os dois estão de férias, passando uma tarde na praia. Eles vestem roupas frescas praianas feitas de tecidos naturais e de maneira alguma ficariam só de biquíni e de sunga.

Alberto está acordando de um cochilo com o jornal na cara enquanto Marnie toma um aperol spritz enfeitado com um guarda-chuvinha e faz uma palavra-cruzada.

ALBERTO
Marnie? Marnie? MARNIE!

MARNIE
Oii. Que é?

ALBERTO
Acho que eu tive um pesadelo.

MARNIE

Tô no meio de uma palavra aqui. Um segundo. Pesadelo? Você teve um pesadelo agora?

ALBERTO

Sonhei que eu tinha morrido.

MARNIE

Credo.

ALBERTO

Muito estranho.

MARNIE

É normal. Assusta, aí, acorda. É como sonhar que está caindo.

ALBERTO

Você já sonhou que morreu?

MARNIE

Já. É normal. Não precisa ficar preocupado. Eu não sei o que significa, mas é normal. Deve significar alguma coisa, entende? Não sei o quê. Mas não que você vai morrer.

ALBERTO
E como eu sei que eu não morri?

MARNIE
Como assim, Alberto?

ALBERTO
Como eu sei que eu não morri verdadeiramente e estou aqui, morto?

MARNIE
Ué. Mortos não tiram férias, não vão à praia, não ficam indagando a própria mulher sobre a morte durante as férias na praia.

ALBERTO
Como você morria?

MARNIE
Como assim como eu morria?

ALBERTO
No seu sonho.

MARNIE

Mas que conversa, Alberto.

ALBERTO

Me conta, como você morria?

MARNIE

Você quer insistir nisso mesmo? Você sempre teve uma coisa estranha, Alberto. Vira e mexe, aparece.

ALBERTO

Conta, vai.

MARNIE

Estou me lembrando... Eu ficava trocando de roupa sem parar. Era uma sala do jeito da nossa, mas cheia de roupas no chão, roupas de todos os tipos, por todos os lados, e eu me vestia tranquilamente com uma roupa e, quando estava vestida, logo começava a tirar e colocar uma outra roupa.

ALBERTO

Você morreu assim?

MARNIE
Não, não. Nesse sonho não era eu quem tinha morrido, era o meu amigo. E ele tinha morrido de verdade, não no sonho. E eu sonhei isso depois.

ALBERTO
Marnie, no sonho, quero saber se você já morreu no sonho.

MARNIE
Humm. Deixa ver.

ALBERTO
Marnie, você nunca sonhou que tivesse morrido?

MARNIE
Sonhei.

ALBERTO
Sonhou nada. Tá vendo? Não é tão normal assim.

MARNIE
Sonhei sim. Sonhei que eu era... como se chama? Uma acrobata. E fazia um número em cima de um avião pequeno. Um avião voando mesmo.

ALBERTO
Certo.

MARNIE
Eu morria de medo fiz o número mesmo assim. Dancei lá em cima, em cima do avião. E caí.

ALBERTO
E você morreu?

MARNIE
Mas é claro, olha a altura, olha a ideia.

ALBERTO
Você viu que você morreu?

MARNIE
Acho que sim. Quer dizer… eu não sei. Acho que acordei antes de me estripar no chão. É, eu não vi, não. Acho que não dá pra VER que você morreu. Subentende-se.

ALBERTO
Marnie, eu sonhei que eu morria dormindo.

MARNIE

Que bom. Tranquilo, né.

ALBERTO

Marnie, eu sonhei que morria dormindo e isso não é exatamente tranquilo.

MARNIE

O que não é tranquilo, Alberto? É o jeito mais tranquilo que existe. As pessoas sonham com isso. É como um último golpe de sorte.

ALBERTO

No meu sonho, eu estava vivendo minha vida normal. O escritório, você, as crianças, o almoço que vem, nosso neto na escolinha, o telhado quebrado, a vacina do Boris, férias, praia, tudo normal. E, então, dormi e morri.

MARNIE

E depois?

ALBERTO

Só que eu vi que eu morri!

MARNIE
E depois, e depois?

ALBERTO
E depois eu não sei. Você tinha que ter ido me acordar e eu não ter levantado, e, então, velório, enterro, comoção etc., mas não me lembro de nada disso. Não foi isso que aconteceu.

MARNIE
Bem, mas disso você não ia lembrar...

ALBERTO
Como assim?

MARNIE
Conta, e o que foi que aconteceu?

ALBERTO
Depois a vida voltou ao normal, veio o técnico da Net, a Nico dormindo em cima do computador, você me mandando ao supermercado.

MARNIE
Então pronto. Isso tudo aí não é morrer. Você comprou pilha?

ALBERTO
Quê? Não.

MARNIE
Quero colocar as luzinhas lá fora. No jardim. Nós vamos fazer o jantar lá, lembra?

ALBERTO
Vou comprar, vou comprar. Mas, Marnie, escuta. O problema, Marnie. É que, veja. É uma enrascada morrer dormindo, Marnie. Não percebe a armadilha? Eu estava dormindo, sonhando uma coisa, depois vem outra coisa nada a ver com a anterior. E depois mais outra. Mudando de canal no sonho aleatoriamente, como sempre foi. E então eu morri. Isso foi bem claro. E como estava dormindo, como posso saber se minha nova realidade é a morte ou se apenas mudei de canal no sonho mais uma vez? Eu posso estar morto e acreditar estar sonhando. Eu posso ficar sem saber pelo resto da vida — ou da morte?, se eu morri ou não.

MARNIE
Nunca tinha pensado por esse lado. Você pensa demais, Alberto. Mas não se preocupe, tá tudo bem, você está aqui. Viu? Bem aqui, comigo, com essa areia, com esse mar, esse sol, fazendo vários nadas maravilhosos…

ALBERTO
...

MARNIE
Que foi?

ALBERTO
Você está diferente.

MARNIE
Diferente como?

ALBERTO
Não sei, diferente. Diferente como se eu tivesse morrido e você vivesse no meu sonho!

MARNIE
Eu estou diferente porque estou de férias, Alberto. Fé-rias. Isso muda tudo.

ALBERTO
Marnie, que agonia. Me ajuda, Marnie.

MARNIE
O que é que você quer que eu faça? (*baixinho*) Eu mereço, é claro que eu mereço.

ALBERTO
Marnie, faz alguma coisa para mostrar que você não é um sonho.

MARNIE
Agora?

ALBERTO
É, por favor.

MARNIE
O quê?

ALBERTO
Eu não sei. Conta da gente vivendo algum momento.

MARNIE
Que momento?

ALBERTO
Qualquer um, alguma coisa pequena, que só você sabe.

MARNIE
Bem… Deixa ver…

Marnie fica pensando e tomando o drink fazendo barulho com o canudinho. Alberto fica olhando.

MARNIE

O que é? Viu? (*referindo-se ao drink*) Isso aqui não é coisa de sonho. (*faz mais barulho*)

ALBERTO

Isso poderia estar no sonho. Isso é você. Totalmente você. Conta da gente vivendo algum momento, Marnie!

MARNIE

Tá, tá. A gente na praia. Férias do ano passado. Eu estava tomando um drink com guarda-chuvinha e você estava lendo jornal. Eu falei para você passar protetor solar, você não me deu bola, se irritou. Depois ficou todo rosa e mais irritado ainda. E depois sobrou para mim, que fiquei lá, colocando um paninho com soro gelado nas suas costas.

ALBERTO

Eu poderia ter sonhado isso.

MARNIE

Isso o quê?

ALBERTO
Você contando esse relato, eu estava lá, eu sei como aconteceu. Eu poderia sonhar com isso. Sonhar com você contando exatamente isso para mim.

MARNIE
Você estava lá, mas não ia contar desse jeito. Quer dizer, não ia sonhar comigo contando desse jeito. Você é teimoso. Nesse dia você colocou a culpa no aquecimento global, se irritou comigo e ignorou que eu tinha te alertado. Ficou puto. Você não ia me dar razão no seu sonho.

ALBERTO
Pode ser, pode ser. Marnie, faz mais alguma coisa, isso não adiantou.

MARNIE
Meu Santo Senhor, Alberto. Você não sabe ficar em paz?

ALBERTO
Esta praia está estranha. Está tudo muito calmo. Não tem ninguém. Não tem mais ninguém nesta praia. Isso é coisa de sonho.

MARNIE

Não, Alberto. Isso é coisa de gente antissocial. Nós somos antissociais, não queremos interagir, queremos a natureza em seu esplendor. No meu sonho de férias é exatamente assim. Só eu e você. Na praia. Sol. Sossego. Uma bebida. Quer? Toma uma cerveja aqui.

Marnie entrega uma cerveja para Alberto.

ALBERTO

Obrigado. Desculpa. Esse sonho mexeu comigo, sabe? (*se tranquiliza um pouco*) Mas eu também poderia ter sonhado isso. É você, Marnie. Você fala essas coisas assim desse jeito. Eu adoro seu jeitinho antissocial.

MARNIE

Tranquilo, tá tudo bem.

ALBERTO

Marnie, esta cerveja! (*joga a cerveja de lado*) Esta cerveja é sonho!

MARNIE

Que isso, Alberto?

ALBERTO
De onde você tirou essa cerveja?

MARNIE
(se aproxima de Alberto) Alberto, calma. Da bolsa térmica, não tem bolsa térmica na morte. Toma.

ALBERTO
Eu devo estar ficando louco.

MARNIE
Está sim. Finalmente férias e você assim. *(começa a acariciar Alberto)* Tenso, preocupado. Para que isso, olha este lugar, este mar, esse verde, ninguém amolando...

Por um breve momento, Alberto esquece as angústias e corresponde aos carinhos de Marnie. Em seguida, Marnie se empolga nas carícias e Alberto volta à *questão, interrompendo tudo bruscamente e se afastando.*

ALBERTO
Tem alguma coisa errada.

MARNIE
Desisto. Vou tomar uma ducha, pegar um outro drink. Você não quer?

ALBERTO
Não.

Marnie começa a se vestir para sair, mas veste erroneamente uma camisa de Alberto. Depois troca e coloca sua saída de praia.

MARNIE
Vem, Alberto.

ALBERTO
Já vou.

MARNIE
E hoje à noite, quer fazer o quê?

ALBERTO
Não sei…

MARNIE
Quer sair?

ALBERTO
Não, hoje não.

MARNIE

A gente pode pegar umas bebidas e uma coisinha para beliscar e ficar em casa…

ALBERTO

Gosto quando você fala ficar em casa para nossa casa provisória de férias.

MARNIE

E não é?

ALBERTO

Claro que é. (*se animando*) Vamos fazer isso. Eu vou comprar as coisas para a gente. Vinho, queijos. Vamos ficar ouvindo música. Você coloca uma música?

Uma música antiga, do outro século, começa a tocar. Alberto volta a se aproximar e nem Marnie nem sua cadeira nem suas coisas estão mais lá.

ALBERTO

Marnie?

Agradecimentos

Adriana Francisco

Bruno Maron

Daniel Guerra

João Guerra

Lucas Mayor

Marcos Gomes

Rúbia Vaz

Bruna Pligher
é roteirista e dramaturga, graduada em audiovisual pelo Centro Universitário Senac e pós-graduada em dramaturgia pela Escola Superior de Artes Célia Helena. É autora de peças curtas encenadas no projeto Terça Em Cena e nas montagens *Nem isso nem aquilo* (2019) e *Ao vivo* (2019), entre outras. Integrou a 13ª turma do Núcleo de Dramaturgia SESI-SP, para o qual escreveu a peça *Passageiros* (SESI-SP Editora, 2023).